AF466969

LA RESIOVISSANCE PVBLIQVE ET BANQVET PROVINCIAL

Au Retour du Roy en ſa bonne Ville de Paris.

Par le S. D. L. C.

A PARIS,
Chez Pierre Margat, & Thomas la Carriere, ſur le Quay de Geſvres à l'Oyſeau de Paradis.

M. DC. XLIX.

Auec Permiſſion.

ALL'ILLVSTRISSIMO E EXCELLENTISSIMO IMBASSIATORE DI VENETIA.

PER degnamente esprimere i fuochi d'allegreza che vostr' Eccellenza Illustrissima, diede pocchi dì sono al publico bisognarebbe ch'un Aretino, vn Marino, Bembo, Bocaccio, Tasso o Ciecod'Adria, non fosser' morti, & non so anchora si hauessero possuto parlarne assai sufficientemente considerando d'vna parte l'admirabili circonstanze d'vna così grande & considerabile Vittoria ottenuta dall'armata della Serenissima & sempre inuittissima Republica Veneta contra gli Ottomani, d'all'altra osseruando la magnificenza con la quale sua Eccellenza fece ornare tutti gli Elementi per contribuire alla solennità d'vna così superba rapresentatione, che fù accompagnata intorno di quattro cento mila spettatori, che contemplando il Cielo adorno delle sue più belle stelle viderò il lor splendore ecclissarsi per vergogna dalla vista di tanti luminosi fuochi, che ricamaron d'oro il brun velluto del quale la notte sera vestita.

La Senna con graue passo ritenne il corso delle sue veloci & cristalline onde, & con riuerenza sostenne gli Vascelli che representarono con diletto de i riguardanti la Bataglia digià fatta contr'Infideli, senza mescolarui però niente di tragico o sanguinoso, le trombe, & Artiglierie baterono l'alli à la fama per potarne la lode oue l'occhio non penetraua, & la melodia con l'armonia, & grati odori aumentarono al piacere del magnifico Banchetto il contento de i piu nobili & virtuosi sentimenti, io mi fermarei senza dubbio nella gioia che su Eccellenza ha eccittata nell'anima mia se l'Arriuo del piu grande Monarca della Terra in vna delle principali & belle Città del Mondo, d'oue con tanta ansietà è stato si longo tempo, aspettrato non m'obligasse à separar l'allegreza come sono obligato di mostrare l'ubidienza che le deuo in qualità

De Vostra Eccellenza Illustrissima,

D. Humillissimo & deuotissimo seruo,
S. D. L. C.

LA RESIOVYSSANCE PVBLIQVE ET BANQVET PROVINCIAL,

Au Retour du Roy en sa bonne Ville de Paris.

IL nous faut vne Table Ronde,
Vne Nappe, & douze Couuerts.
Que pas vn Rimailleur de Vers
Ne s'en approche, & ne la tonde,
A ce rond qui n'a point de bout
La place d'honneur est par tout,
Esuitons la ceremonie ;
Ne choquons point la liberté,
Que la contrainte soit bannie,
Et que chacun de nous viue à sa volonté.

**

Ne souspirons plus pour Syluie,
Laissons ce beau tiltre d'Amant,

Ces ſouhaits ſont inceſſamment
Tout le trouble de noſtre vie,
Mais l'image de ſes appas
Se preſente dans ce repas,
Et le nombre de ſes merueilles
Par vn aymable illuſion
Se meſle parmy nos bouteilles,
Et nous inuite à boire à cette paſſion.

Ce ſeroit trop geſner nos Ames
De s'attacher ſi fortement
Qu'il faluſt qu'à chaque moment
Nous fuſſions auprés de ces femmes,
L'amour legitime me plaiſt,
Mais ie treuue l'autre ſi laid,
Et ſes intrigues ſi ſeueres
Que i'ay plaiſir à l'oublier,
Si i'ayme, i'ayme ces commeres
Que l'on coiffe de chanvre, & qu'on reueſt d'ozier.

Ne charbonnons point la muraille,
Ce n'eſt que le papier des fous,
Et le regiſtre des filous,
Des gourmands, & de la quenaille:
Garçon apporte nous du pain,
Donne de l'eau, lauons la main,

Ie voy que l'Hoste s'achemine,
Il est Midy, çà plaçons-nous,
Ces bouteilles ont bonne mine,
Mais il faut mettre à part & ce gris & ce dous.

❧

C'est d'vne machine sanglante
Que nous tirons ce bon repas,
Où chaque plat suit pas à pas
Cette grande piece tremblante,
Bœuf, magazin de nos escots,
Donne la moëlle de tes os,
Le goust de ta chair estouffée,
De ta langue, & de tes filets,
Nous t'allons dresser vn trophée
Si pour le celebrer tu prestes tes Palais.

❧

Plat des plats le plus souhaittable,
Mais aussi le plat le plus cher,
D'où l'auare n'oze approcher
Que franc d'escot à nostre table,
Ordre dans la confusion
De pretieuse expression,
Magnifique & riche assemblage
De ius, de crestes, d'intestins,
Placéz vous parfumé potage,
Bisque pompeusement venez à nos festins.

Fourreau de graiſſe aſſez commune,
Belles entrailles de pourceau,
Joli pacquet, friand roulleau,
Tres-rauiſſant quand on deſieune,
Bien farci d'Anis & de Thin,
Venez vous-en de bon matin
Belles figures de la ioye,
Monſtrez vous à nos biberons,
Aymables Andoüilles de Troye,
Et de vos longs habits nous vous deſpoüillerons.

Eſpaiſſe liqueur de nos Vignes,
Beau meſlange d'ingrediens,
Compagne des morceaux friands,
Et de nos Ragouts plus inſignes,
Imperceuables petits grains,
Pardonnez-moy ſi ie me crains
D'vn coup dont on ne prend pas garde
Auquel vous eſtes deſtinés,
C'eſt en effet bonne Moutarde,
Qu'il en eſt peu que vous ne preniez par le nés.

Orgueilleuſe, & belle eminence,
Superbe mets, gigot feſſu,
Preſent digne d'eſtre receu,
Glorieux Iambon de Mayence,

Admi-

Admirable & riche aliment
Des Festins le bel ornement,
Jambons de Basque & de Bayonne,
A la façon des vieux Guerriers
Suyuez Bacchus, fuyez Bellone,
Et couurez-vous de pampre au lieu de vos lauriers.

❧

Douce amertume de Prouence,
Fruict pacifique dont l'humeur
Et l'appetissante liqueur
Font admirer ton excellence,
Que tes lenitifs souuerains
Rendent nos corps souples & sains,
Oliues, & vertes & meures,
Boutons venez, roulez chez nous
Symboles de nos aduentures,
Puis qu'on treuue chez vous & l'amer & le dous.

❧

Nos machoires n'ont point d'entraues,
Nous aualons sans interdit,
Mesmes depuis qu'on nous a dit,
Que c'est icy du Vin de Graues,
Ie n'en voy pas vn d'esbahy
Depuis qu'on boit du Vin d'Hay:
L'Hoste, est-ce point de Barsuraube?
Monsieur, c'est du clos d'Auenet:

Il est essellan Dious me saube,
Iames au Dious bibant ie n'en bis de si net.

Cà, beuuons-en les pleines tasses
A la santé du Dieu-Donné,
Que nous voyons tout couronné
D'autant de Vertus que de Graces:
Peuples, beuuez à ce beau iour
Que nostre LOVIS de Retour
Nous honore de sa presence,
Et sans iamais manquer de foy
Ce ieune Monarque de France
Treuue en vous des sujets dignes d'vn si grand Roy.

Innocent morceau de Village,
Que les Iuifs ne mangent iamais,
Ieune animal, & tendre mets
De Nopces & de Comperage,
Petit grondeur, ioly Pourceau
Cochonnet donne nous ta peau,
Ton petit groin, tes deux oreilles,
Et des tes quatre pieds rostis
Faits des rages & des merueilles;
Car sans toy nos festins ne sont point assortis.

Premices de nos Iardinages,
Petits chef-d'œuure du Printemps,
Que mes yeux se treuuent contens
Quand vous couronnez nos Potages,
Poinçons molets & sauoureux,
Doux jauelots des amoureux,
Asperges les Reynes des herbes,
Qu'à plaisir nous nous esgayons
Quand vous venez à belles gerbes
Vous placer sur la Bisque en forme de rayons.

Toy qui rends nostre couche mole,
Qui de ta robbe faits nos lits,
Oyson aussi blanc que le Lis,
Sentinelle du Capitole,
Toy qui donnes aux Escriuains
Ce leger outil de leurs mains,
Que tu nous vas donner de ioye,
Oyseau d'vn eternel caquet,
Quand sauoûrant ta Petite-oye
Ie diray que Mon-oye a fait tout le Banquet.

Farce à mille replis hachée,
Estuy plein d'espice & de chair,
Où l'artifice fait cacher
Vne saueur si recherchée,

Sauſſiſſon, enfumé Boudin,
Puiſſant chable à tirer le Vin,
Delicateſſe bien-aimée,
Beaux Ceruelas tant deſirez,
Enfin apres voſtre fumée
Nous ſentons que vos feux nous ont bien alterez.

Ennemis de l'Agriculture,
Dangereuſe production,
Viſible malediction,
Poiſon caché de la nature,
Potiron rouge, noir & blanc,
Corrupteurs du foye & du ſang,
Champignons qu'on ne ſçait cognoiſtre.
Quand vous ſerez bien fricaſſez,
Qu'on vous iette par la feneſtre
Encor par des friands vous ſerez ramaſſez.

Beau Gibier qui verſez des larmes
Dedans voſtre captiuité,
Qui dans vn vol precipité
Ceſſez de viure par nos armes,
Nous beniſſons ce rare iour
Que par l'aide de voſtre Autour
Vous fuſtes plaiſamment ſurpriſes,
Mais en Monjoye eſleuez-vous,

Cheres Perdrix rouges & grises,
Et venez surmonter la pointe des Ragous.

❧

Fruict des fruicts le plus agreable,
Pomme d'or, ouurage des Cieux,
Fruict venu du Banquet des Dieux
Pour regner dessus nostre Table,
Admirable object de nos sens
Dont les degouts si rauissans
Nous rendent de si bons offices
Qu'ils rauiuent les demy morts.
Pour arriuer à nos delices
Orange venez-y donner vos passeports.

❧

Obseruons vn peu le silence,
Sur tout ne nous vantons iamais
De l'excellence de ces mets
Qui font vne si belle essence,
La nature, & l'art sont icy
Pour soulager nostre soucy.
Les femmes, les vefues, les filles
Prennent goust à ces aliments
Qui composent nos Beatilles
Comme les vrais tesmoins de leurs contentements.

❧

Substance tousiours excellente,
Baume charmant de nostre cœur,
Brasier coulant, douce liqueur,
Boisson musquée, & rauissante,
Source de delice, & d'appas,
Souuerain Prince du repas,
Succré present de la nature,
Beau Frontignan que de mortels
Font de leurs corps ta sepulture,
Et s'abbatent croyant t'esleuer des Autels.

❧

Vnie, claire, & nette glace,
Petit abregé de la mer,
Où l'on ne voit iamais ramer
Que des Ceuilliers de bonne grace,
Exquis aliment de cristal,
Elixir de maint animal,
Transparent Bassin de Gelée,
Riche miroir, approchez-vous,
Et paroissez dans la meslée
Le Ragoust le plus beau, & le plus sain de tous.

❧

A ce glou glou de nos bouteilles
Nous employons vn riche temps;
Mais aussi, Compagnons, i'entends

Que le Porc preste ses oreilles,
Que sa bajouë y soit aussi,
Que la fumée aye noircy,
Qu'il nous preste aussi son eschine,
Ses saussisses, & son museau,
Les Ragouts de nostre Cuisine,
Ne sçauroiẽt faire vn pas sans ses pieds de Pourceau

Galimafrées succulentes,
Pots-pourrys, aigus Aricots,
Vous ornemens de nos Escots.
Tortuës tousiours excellentes,
Ortolans, Tourtres, Perdreaux,
Outardes, rauissante proye,
Esguillettes d'Harents sorets.
Vous luisants passements d'Enchoye,
Venez donner du lustre à nos riches Banquets.

Familier aliment d'yurogne,
Remede contre le dégoust,
Sublime pointe du Ragoust,
Theriaque de la Gascogne,
Seul Antidote des Manans,
Qui multiplie tous les ans,
Teste de feu, flamme massiue,
Aymant du blanc, & du clairet,

Ail penetrant, fournaise viue,
Venez nous eschauffer dedans le Cabaret.

❧

Petits habitans de montagne
Qui vous paissez de Serpolet,
Et cachez sous vn poil folet
Le meilleur morceau de Champagne;
Venez petits Caprioleurs,
Vestus de vos grises couleurs,
Quittez la grotte soubsterraine
Où vous courez dix mil hasards.
Icy bons Lapins de Garenne
Vous pourrez esuiter les ruses des Renards.

❧

Toy qui portes l'aisle si forte,
Qui dans les bois & les marets,
Auec des fusils & des rets
Te laisses prendre ou viue ou morte,
Qui sans faire nos chiens rider
Souffres qu'on te puisse brider,
Et t'enleuer dessus la glace,
Pour faire iuger de ton goust,
Viande noire, triste Becasse,
Viens auecques tes sœurs faire vn nouueau Ragoust

❧

Ioly

Ioly rempart, gentile place,
Muraille faite ſans ciment,
Priſon de pâte de froment,
Belle prinſe de noſtre chaſſe,
Corps fuyart anatomiſé,
Cachot dextrement deſguiſé,
Pâté, mobile ſepulture,
Liévre de gouſt tres-rehauſſé
Faits nous gouſter vn peu l'iniure,
Et le tort qu'on t'a fait de t'auoir deſoſſé.

Pâte de laict, maſſe caillée,
Gaſteau creſmé, morceau Royal,
Releué mets, & ſans eſgal,
D'vne forme bien trauaillée,
Epaiſſe image du Soleil,
Gouſt rauiſſant, bel appareil,
Volume ſorti de la preſſe,
Fromage qui deuiens petit,
Roquefort, que ie te careſſe,
Meule viens-t'en chez-nous eſguiſer l'appetit.

Pour ceſte claire friandiſe,
De ce Medecin tant vanté,
Apres auoir vn peu chanté
Nous en fairons plus d'vne priſe

De cet Hypocras blanc, & gris,
Que chacun boiue à sa Cloris,
Aussi bien la crapule est faitte,
I'apperçoy que les plats sont nets,
Et que pour sonner la retraitte.
L'Hoste vient d'apporter vn Bassin de Cornets.

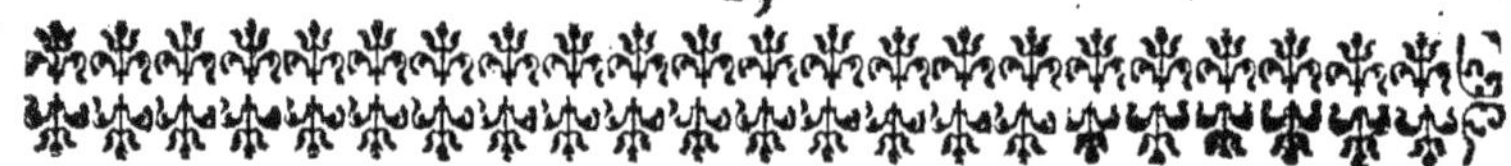

LE DESSERT

A PLATS COVVERTS

A Messieurs les Prouinciaux.

I.

IE suis d'or, & d'argent, de pierres pretieuses,
De Myrthes, d'oliuiers, de pampres, de cheueux.
Pour les Rois, pour les Grãds, pour les filles ioyeuses,
Pour l'amour, pour la paix, pour le vin, pour les gueux.

II.

QVand l'Aurore ouure sa barriere,
Bien que ie sois Roy dans ma Cour,
Ie predis par tout la lumiere
Dont elle ramene le iour :
Car ma Couronne crenelée
M'exemptant de beaucoup de maux,
Ou ma coiffure dentelée
Soubmet le Roy des Animaux :
Du temps le Prophete fidele
Portant le front tousiours vermeil,
La plus grande rumeur m'appelle
Le vray truchement du Soleil.

III.

MOrt ſans entrer dans le cercueil,
Jadis vermeil ores en deuil,
Mes deux rigueurs furent rauies:
Mais par de ſi cruels efforts,
Que ie ſouffris autant de morts
Que mon corps auoit eû de vies.

IV.

IE ſuis, & ne ſuis pas, le Soleil eſt mon pere,
Et ſi pourtant iamais le Soleil ne m'a veu:
Mais la nuict en reuanche eſt ma tres-douce mere,
Et ce qui me produit c'eſt le iour, & le feu.

V.

MOn Royaume eſt par tout où la terre ſe treuue,
Ie haits mortellement, & la mer, & le fleuue,
Je ne vis iamais rien qui fuſt ſi grand que moy,
Mon trauail importun donne beaucoup d'eſmoy.

VI.

IL eſt vn, ils ſont deux, ils ſont trois, ils ſont quatre,
Le cinquieſme s'eſtend, comme le premier fait,
Jls ſont tous cinq Cornards chacun a ſon effet,
Et s'ils ſont aſſemblez ils font rage à ſe battre.

l'en-

VII.

*I'Enueloppe souuent soubs d'artistes nuages
Mille subiets diuers qui font touts ma beauté,
Si ie suis descouuert, ie perds touts mes ombrages,
Et cesse d'estre alors ce que i'auois esté.*

VIII.

*L'Obiect de quatre sens, la gloire du meslange,
Ma teste est toute d'or, & le reste est vn
Ange,*

IX.

*MOn labeur importun incommode mon
Maistre,
Et mes petits trauaux
Font que, quoy que ie sois indigne de paroistre,
Ie luy faits mille maux.
Ie n'ay queue, ny poil, ny des iambes visibles,
Et ne mange que chair,
Et dans mes fonctions extremement nuisibles
I'ay peine de marcher.*

X.

*IE suis tout rebours d'vne grand pyramide,
Mon pied ce n'est qu'vn poinct qui ne s'apper-
çoit pas,*

Mon corps eſt tout vni ie n'eus iamais de ride,
Ce que i'ay de plus beau ie le tiens du compas.
Ie ſuis mortifié ſans faire penitence,
Ie me tiens en eſtat par maint, & maint effort;
Mais c'eſt par le ſeul bras de la foible innocence,
Immobile en viuant, mobile apres ma mort.

X I.

C'Eſt en diuers endroits que ie prends ma naiſ-ſance,
Aymable en tous les lieux où l'on ſe ſert de moy,
Ma nature innocente eſt exempte d'eſmoy:
Mais ſur tout expoſee aux plaiſirs de l'enfance.
Ie ſuis vn des grands biens que poſſede la France,
Digne de faire honneur aux delices d'vn Roy,
Et l'Eſtranger ſe plaiſt me voyant en Conuoy
Pour m'auoir quelque temps dedans ſa iouiſ-ſance.
Il n'eſt pas vn des Roys, il n'eſt point d'Empereur,
Dont le logemēt ſoit ny mieux ceint, ny plus ſeur
Que le mien, où mes ſœurs ſont auec moy logers,
Les piques, & les dards nous gardent bien long-temps,
Puis apres on nous voit aux hazards expoſées,
Ce ſort nous eſt commun vne fois tous les ans.

XII.

IE ſers auec ardeur,
Et me fondant en larmes,
Quand i'ay de la chaleur
Ie porte mieux les Armes.

XIII.

IE porte balle en bouche,
Ie tire iour, & nuict,
Et ſans poudre, & ſans bruit
Ie bleſſe ſans danger celuy-là que ie touche;
Si d'vn arbre rampant,
Quaſi fait en ſerpent,
Ie prends ma couuerture,
Puis deſbandé ie faits
Par d'aymables effets
Seruice à la nature.

XIV.

LEs deux bas Eſlemens me font ce que ie ſuis,
Ie fuis en parcourant par mille & mille routes,
Des voyageurs laſſez i'allege les ennuis,
Et ne me plains iamais bien que i'aye les Gouttes.

FIN.

EXPLICATION des Enygmes.

I. Les Couronnes.
II. Le Coq.
III. Le Charbon.
IV. L'Ombre.
V. La Taupe.
VI. Les doigts de la main.
VII. L'Enygme mesme.
VIII. L'Orange.
IX. Le Ciron.
X. La Topie.
XI. La Chataigne.
XII. La Cire.
XIII. Le Cottaire.
XIV. Le Ruisseau.

Permis d'Imprimer le 17. Aoust 1649. & deffenses à tous autres.

www.ingramcontent.com/pod-product-compliance
Ingram Content Group UK Ltd.
Pitfield, Milton Keynes, MK11 3LW, UK
UKHW020450220726
13923UKWH00005B/2449

9 782016 140475